Suhrkamp Theater

Bedrängt von seinem Partner, unterzieht sich Elija in seinem Heimatland Iran einer Geschlechtsumwandlung. Seine einflussreiche Cousine Mela, die in der Erdölindustrie arbeitet, hilft ihm dabei. Für Elija ist es eine Überlebensstrategie, da Homo- und Bisexualität drastisch bestraft werden, Geschlechtsumwandlungen dagegen toleriert. Doch sein Partner verlässt ihn und Elija will raus aus diesem neuen Körper, raus aus einer Familie und einem Staat, die Begehren und Zugehörigkeit mit Gewalt bestimmen.
Im freundschaftlichen Dreierbund mit Mela und Fanis bricht Elija nach Europa auf, um seiner Sehnsucht nach einer organischen und technischen Erweiterung des Körpers näher zu kommen.

Mehdi Moradpour entwirft mit bildstarker und temporeicher Sprache ein Szenario, in dem die Atmosphären der Stadt-, Meer- und Traumlandschaften in die Körper eindringen und klare Konturen außer Kraft setzen. Utopische und technologische Sehnsüchte treffen auf harte Gesetze, Individuen in Auflösung auf medizinische Tribunale.

ein körper ohne ort

Mehdi Moradpour

Suhrkamp Theater

Klimaneutral
Druckprodukt
ClimatePartner.com/14438-2110-1001

Erste Auflage 2023
Deutsche Erstausgabe

Uraufführung (unter dem vormaligen Titel *ein körper für jetzt und heute*)
27.01.2018, Schauspielhaus Wien, Regie: Zino Wey

Umschlaggestaltung und Satz: studio hanli, Berlin
Umschlagfotos: Max Zerrahn
Illustrationen: © Giovanna Bolliger
Druck: C. H. Beck, Nördlingen
Printed in Germany
ISBN 978-3-518-43152-8

www.suhrkamp.de

ein körper ohne ort

vorbemerkung:
es empfiehlt sich für alle beteiligten, inklusive der interessierten, an einigen proben- und spieltagen frühmorgens hüftschwungübungen zu machen. wie ein positiver zwang. dafür könnte jemand wie thomas hoffmann, der king of tease und außerdem ego-, körper-coach, motivationstrainer, ex-chippendales-tänzer und mehrfacher stripeuropameister, ein- bis zweimal für zwei bis drei stunden engagiert werden. von sich selbst behauptet er: »mein hüftschwung ist absolut«. das stimmt nicht ganz. erfahrungsgemäß rentiert sich aber der aufwand, wenn auf die ökonomie seiner zuneigung geachtet wird. es empfiehlt sich auf keinen fall, shakira-videos anzuschauen. wenn videos, dann salsa oder hundewettbewerbe, um schwungvolle und leichtfüßige bewegungen zu lernen.

außerdem oder alternativ empfiehlt es sich, folgende übung zu machen, um besser entscheiden zu können, welche physikalischen gesetze heute gelten und wie oder was gespielt werden soll: alle zusammen kegeln gehen und jeweils eine kugel mit beliebigem schwung auf die bahn werfen. am besten ist ein wurf ohne entwurf. die abgeworfene kugel reißt sich hoffentlich los und rollt in möglichst gerader linie gegen ruhende kegel

a. alle kegel werden umgeworfen
mögliche interpretation: heute ist mein tag

b. alle kegel verharren in voller ruhe
mögliche interpretation: heute ist mein tag

c. einige kegel werden umgeworfen, andere verharren
in ruhe
mögliche interpretation: heute ist ein ganz normaler tag

d. die kugel prallt zurück und rollt in gerader linie rasant
auf die spielenden zu
mögliche interpretation: es ist schon morgen, oder ein
ganz normaler tag

aus dem manuskript der verschwundenen studentin: zwei monolithe ein pyromane kein lithium-aspartat kein fruchtgummi nichts

die sonne: die erde: die wüste
das ultimative szenario des radikalen monotheismus:
ein aufruf für die wüste
das ultimative szenario des technokapitalismus:
ein aufruf für die wüste
die wüste des öls des staubs der information
die wüste: der monopolistische konkurrenzraum auf erden
der getarnte aufenthaltsort des verheißend göttlichen
das erdöl: die spritzend schwarze fontäne:
der allgegenwärtige schmierstoff
seine kriechspuren: pipelines und millionen tonnen asche
und staub
das staubkorn: eine pulverisierte information:
eine vertrocknete urmutter der datenströme

die wüste des kapitalismus: der wegbereiter der
schmierigen kriegsmaschinerie gegen den terror:
der schrittmacher des konsumterrors
die wüste des radikalen monotheismus: das flache
paradies: der zubringer zum klebrigen himmelreich
das erdöl: eine fühlende datenbank: ein 600 millionen
jahre altes solares muttergestein aus totem plankton:
ein degeneriertes wesen aus irdischen bakterien

nach der klassischen theorie der fossilen brennstoffe entsteht das erdöl aus abgestorbenen meeresorganismen, unter sauerstoffarmen oder sauerstofffreien bedingungen. das tote, organische material kann nicht verwesen. sedimente mischen sich ein, sand und ton mischen sich in die planktonschicht. es entsteht ein sogenannter *faulschlamm*, ein feinkörniges erdöl-muttergestein, das sich durch weitere überlagerung verfestigt und in die tiefe wandert. durch druck und hitze brechen die bindungen der großen moleküle des muttergesteins auf. aus fester substanz wird zähflüssiges öl.

der astrophysiker thomas gold aber stellt 1991 eine neue theorie auf, die einen streit um die entstehung des erdöls auslöst. gold behauptet, öl und erdgas entstehen nicht aus pflanzen und tieren, wie wir sie kennen, sondern aus stoffwechselprodukten von bakterien, die in der erdkruste leben. sie sind druckresistent, verwerten kohlenwasserstoff und lieben die hitze. dieses leben ist demnach nicht abhängig von sonnenenergie, licht und photosynthese. es ist überhaupt im wesentlichen *unabhängig* von den oberflächenverhältnissen.

1
TABLEAU VIVANT DER VERWITWETEN LANDSCHAFTEN

der eine öffnet die augen
und geht an weitläufigen berghängen vorbei
er schließt die augen
immer wieder dasselbe bild
unter einer platane am ufer eines baches
hockt ein buckliger mit hundekopf
und versucht einem mädchen auf der anderen seite des wassers
eine axt zu reichen
er öffnet die augen
schreitet am kadaver der tradition vorbei
an ideologischen trümmern
watet durch einen schlammigen feldweg
nimmt die verrosteten traktoren ins visier
schließt die augen und geht entlang der rechtskurve
öffnet die augen
geht an mit militärheldenbildern bemalten stoffen vorbei
öffnet die augen
sieht neugierige köpfe von geteerten dachterrassen herabblicken
sieht einen hahn mit einem fleischigen kamm auf eine satellitenschüssel springen
hört das krächzen der sich in die tiefe stürzenden dohlen
erreicht die bushaltestelle oder was davon übrig ist
steigt ein in den roten kleinbus
überwindet silberne sanddünen
bringt die ödnis eines schlächterladens hinter sich
fühlt ziellose windstöße in sein gesicht blasen
richtet den blick auf den kadaver einer robbe
und auf das von ihrem körper tropfende öl
in seinem rücken schreien die möwen

AM SAUM DES HÄUSERMEERS DAS STÄNDIG VON SICH SELBST SPRICHT

belauscht er die mottenzerfressenen geschichten eines
mitfahrers über *die stadt*
während der kleinbus über den gerissenen vorstadtasphalt
rollt
erkundet er die schneebedeckten gipfel
sieht eine verlassene raffinerie
wundert sich über die umgekippten chemikalientanks
ekelt sich vor ölgetränkten fliegen
ahnt die leerstehenden rohbauten sich nähern
betrachtet die weißen maulbeerlandschaften
erschreckt sich vor pop-up-billboards
zuckt wegen seines *shut-up-and-drive*-klingeltons
zusammen

ja mutter ja mutter ich gehe zur uni mutter
ja vater ja vater davor gehe ich ins büro vater

steigt vor dem einsturzgefährdeten shoppingcenter aus
wirft sich das beige manteau um
das mantelartige oberteil um
zieht sich die kopfbedeckung an
zieht sich die lippen dunkelrot
unter dem spätrot des himmels
das blut drängt sich zum herzen
und der blick: ein brunnenschacht

tritt ins muffige büro und hebt die stimme

– hallo herr office manager hallo
– hallo madame hallo
– was gibt es heute zu tun herr office manager was
– organisatorische unterstützung madame korrespondenz und ablage madame
– ja herr office manager ja
– ganz wichtig madame ein gebührendes benehmen nach innen und außen
– sicher herr office manager sicher
– wir sind professionell madame sehr professionell madame ich freue mich madame machen sie einen tee doch einen kardamom-tee bitte doch

WÄHRENDDESSEN AN EINEM ANDEREN RAND EINER ANDEREN HÄUSERFLUT

hört *die andere* den satz
down-is-the-only-way-out durch die kopfhörer
eilt die wendeltreppe hinunter
landet in einer weiträumigen halle
steigt in ihren kompakt-suv ein
verlässt das von arkadengängen umgebene haus
fährt in den einsamen welthafen hinein
in die zitternden wolkenkratzer-straßen hinein
in die schwaden von ruß und schwefeldioxid hinein
am treiben der lächelnden straßenverkäufer vorbei
an nervösen märkten und auswüchsen der drecksarbeit
vorbei
braust durch das fünfeckige schlachthofgebiet durch
erreicht das herz des häusermeers
fährt in das mit holzquadern verkleidete haus
fährt in den fahrstuhl
tritt durch die tür der *octopus-petroleum-company* hinein
geht durch datenkorridore hindurch
und findet ihren fanis auf der couch:

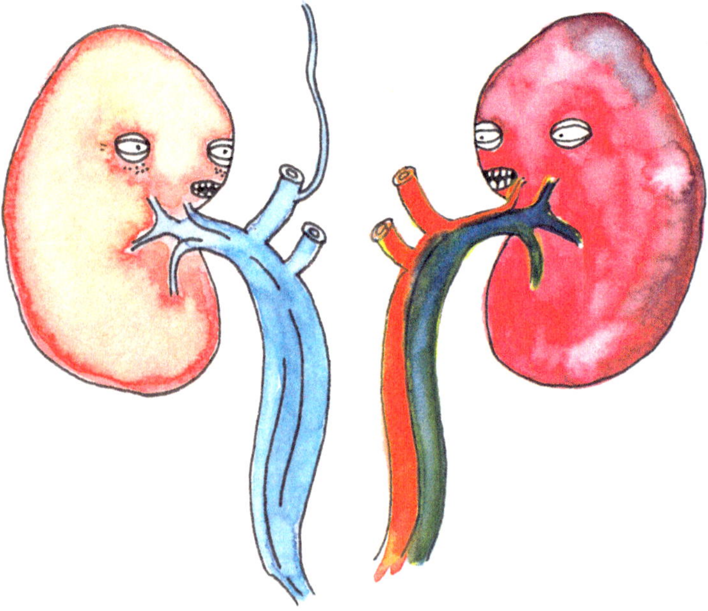

SETZ DICH AUFRECHT HIN

lerne deinen buckel lieben
lass dich prinzessin zeppelin nennen
sei stumm wie engel und tiere
kämpf dich durch die jungswelt
überstehe seitenhiebe
übergehe das männer-geld
schäm dich für deine herkunft
denk nicht an deine hinkunft
parfümiere deinen schweiß
spritz dir hormone
biete dich der arbeitswelt an
bleib luftig und durchsichtig
bewahre das bewährte
bewundere deine natur
therapiere dein verhalten
probiere den pessimismus
spüre deine beschaffenheit
vernichte deine bescheidenheit
arbeite an deinem layout
optimiere dein blowout
kontrolliere deinen speed
tarne dich
besorg dir ein langschwert
schneid durch die schnüre
vergiss die untergangsriten
umgehe charismatiker
achte nicht auf prediger
lass die alarmisten galoppieren
die verbitterten bellen
die intellektuellen aufquellen

OPERIERE DICH
MUTIERE
BEGEHRE DEIN BEGEHREN
ändere die natur

UND WIEDER DER KLINGELTON AM SAUM DER HÄUSERFLUT

ja mutter ja mutter auch heute auch an feiertagen mutter
ja vater ja vater auch heute auch an feiertagen vater
auch an trauer-feiertagen ja

– nicht so herr office manager
– so so
– so nicht herr office manager
– wir sind professionell madame
– ja herr office ja bitte so ja
– sehr professionell madame
– so aber wieder nicht herr office manager so nicht
– und so so
– genau herr office manager genau

UND IRGENDWANN IM HERZEN DER PROZESSION

schlagen männer mit flacher hand auf den brustkorb
spielen kinder mit plastikbällen am rande der prozession
und da richten sich die blicke aufeinander im taumel der
trommelschläge
und schreiten aufeinander zu
dann ein zusammenprall im gemenge
ein blutstropfen im mundwinkel
hallo cousine du hier
hallo cousin du hier

UND IM FLUTENDEN TON DER RELIGIÖSEN REZITATIONEN

nähern sie sich einander
die pupillen erweitert augenlider eifrig
die nasenlöcher geweitet lippen unruhig
los auf den wochenmarkt los klauen obst klauen
weglaufen
rennen durch die abgewrackten ghettos rennen durch die
üppigen villen
vorbei an den herabhängenden blütenständen
stehen bleiben unter einem walnussbaum
ein aufprall
liegen bleiben unter dem wallnussbaum
durchatmen
wieder ein zusammenprall
und wieder
bis es kalt wird

UND IRGENDWANN RUFT DIE MUTTER
DU FRÖSTELNDES KIND DU

ja mutter ja mutter
weil du da sitzt und fröstelst
NUN DER VATER
er fröstelt ja er fröstelt
ja vater ja vater
trinkt aber seinen tee seinen gewürztee mit kardamom
nicht
in der natur wächst bekanntlich viel kraut viel unkraut
gegen jedes leid wächst EIN ETWAS
und kardamom ist so eine krautige pflanze mit duft
ihre heilkraft steckt in den samen
solltest du wissen und diesen duftenden tee trinken kind

DENN WER LEICHT FRÖSTELT WER SCHWACH IST AN DEN FÜSSEN

sollte sich mit einem tee wie diesem aufwärmen
trink kind hier trink
das ist die hand gottes
er macht bekanntlich keinen fehler
das da ist aber einer das ist kein gotteswerk
das was du bist das ist doch
eine schlange ein unruhestifter ein paktbrecher
er hat gesagt: ich gehe zur uni mutter
ich verdiene geld vater
ich arbeite auch an feiertagen mutter
er hat gesagt: dir gehe ich zur hand vater
weil du bist alt und arm und arbeitest so viel
hat sich aber verkleidet wie ein weibisches geschöpf
dreck gemacht mit männern
schäbige scheine verdient
deshalb ist großbrand gewesen im einsturzgefährdeten
einkaufzentrum vielleicht
deshalb sind in feuer und schwefel versetzt worden die
17 stockwerke
wie in sodom und gomorrha
ich wünschte mein kind hätte klumpfüße wäre einäugig
hätte zwei köpfe
und mein herz tut ja weh
wünschte er wäre so oder so aber nicht so
wünschte er würde mir diesen tee abnehmen
von meiner zitternden schwielenhand
sein bruder ist im krieg gestorben
gegen die satanskräfte
ein stolzer märtyrervater ich

ich wünschte er würde diesen *ratten-gift-tee* mit
kardamom trinken
während wir ihm weinend zuschauen

das will doch
DER SCHÖPFER NICHT
DER ALLWISSENDE NICHT
DER VERSORGER NICHT
DER RICHTER NICHT
DER ERHALTER NICHT
DER MÄCHTIGE NICHT
DER EINZIGE NICHT
DER LETZTE NICHT
DER DAUERNDE NICHT

das will doch
DER TRENNENDE
DER EIFERSÜCHTIGE
DER HEUCHLER
DER VERSUCHENDE
DER TEUFEL

ja vater ja vater
dein gott ist anders als meine gottheit
DIE BEFREIEND IST
ÖFFNEND IST
GESTALTEND IST
VERERBEND IST
ERMÄCHTIGEND IST
SORGEND IST
ERFINDEND IST
MUTTER UND VATER IST

du wünschtest ich hätte klumpfüße wäre einäugig hätte
zwei köpfe du
trink doch selbst den samentee du staatsmacht
strafmachtsvater du
stellvertretender gesellschaftskörpervater du

vater ich verlasse dein haus dein familienidyll und komme
nie wieder
mutter ich verlasse dein ahnendorf leb wohl und sei
glücklich seid glücklicher

ich fahre ins herz der glück-freiheit-sex-und-tod-stadt
finde unterstand in einem studentischen superlativ-
crystal-park
finde halt im schlund der plastikbeutel
sinke auf dem kalten beton der straßen zusammen
wache auf und lese wahlsprüche die mich im namen der
toten warnen
verkaufe tagsüber rasierapparate in der u-bahn
zeige mich abends auf der morgenlandplatanen-straße
renne vor gierigen polizisten und muskelprotzen weg
schufte mit einwanderern ohne aufenthaltserlaubnis für
textilregime
ignoriere die saftigen verwünschungen meines aufsehers
zünde kerzen vor dem brunnenhäuschen eines heiligen an
werde gefeuert

blicke zurück und nach vorne
und lerne prostituierte kennen
die mit schnurrbärtigen regierungsfunktionären verkehren
hänge mit strichjungen ab
die schüchternen freiern auf schrottplätzen einen
lapdance geben

schreibe an einem manuskript
›das begehren petro-politischer unterströmungen‹
vervielfältige flugblätter der konvertitengemeinde
gott-in-uns
verliere pferdewetten

UND ALS ICH EINES TAGES DEN MANTEL EINES TÄTOWIERTEN JUNGEN IN DER GARDEROBE EINES KASINOS AUFHÄNGE

und ihn von der seite mustere
dreht er sich zu mir
diese ständige zunahme der blutfülle in den hohlräumen
seine augen: diese eintrittskarten
sein blick: diese einladende landschaft ohne fragen
wie er sich richtet so auf dich
und versucht dich zu trösten
komm hier nimm diese trostpflaster mit erdbeeraroma
fühl dich wohl
das ist keine falle
da ist das ganze leben verdichtet in diesem blick

UND DANN PLÖTZLICH MEINE COUSINE

- du hier
- und du hier
- ich arbeite hier
- ich bin einfach so hier
- hübsch bist du
- hübsch bist *du*
- und der tätowierte da
- ist fanis

UND ALS an einem herbstmorgen das zitronige licht der
sonnenstrahlen auf mein gesicht scheint und ich an
meinen *traum* mit eartha kitt und felix baumgartner denke
ruft mich mela an
ich habe einen termin für dich bei einem psychiater

- ich habe einen freund
- mhm mhm
- ich mag auch frauen
- hmh hmh
- aber männer mag ich mehr
- sie wissen das geht nicht
- und nun
- kommen sie noch mal
- und dann
- sie könnten ein gutachten von mir bekommen für eine operation das geht

UND ALS ich in einer schwülen frühlingsnacht auf einer
party zwischen den dampfschwaden der atmenden menge
zu *rock me amadeus* tanze

und lauter menschen mit camouflagejacken in die halle
stürmen sehe
ruft mich mela an
ich habe einen termin für dich bei einem sexologen

- ich kann beide geschlechtsrollen übernehmen
- dauerhaft oder gelegentlich
- kleidung frisur bewegung flirten alles
- sie wissen das geht nicht
- und nun
- kommen sie noch mal
- und dann
- sie könnten ein gutachten von mir bekommen für eine operation das geht

UND ALS ich an einem stickigen sommertag im vorraum
einer haftanstalt
eine verpflichtungserklärung unterschreibe
beobachte ich wie mela die kaution einer ihrer wohnungen
für meine freilassung einem jungen offizier übergibt
im auto sagt sie mir
ich habe einen termin für dich bei einem geistlichen

- eine hormontherapie möchte ich aber nicht verehrter herr
- das ist die voraussetzung mein kind
- so wie ich bin brauche ich keine op verehrter herr
- so wie du dich bewegst bewegst du dich im bereich des verbotenen
- ich fühle aber keine störung verehrter herr
- aus religiöser sicht ist deine seele weiblich
- aber ich mag auch frauen verehrter herr
- weil deine seele weiblich ist mein kind

– können sie mir ein gutachten geben verehrter herr
– ja mein kind wenn du dich für eine op entscheidest ja
und ich gehe zu fanis
frage ihn um rat:
nein nein nein
das können hier nicht alle
einfach nein sagen
ich auch nicht
einfach nein sagen
das muss man üben
sag einfach ja
und sie nennen dich warmblütig
das meinen sie positiv
sei gefasst und sag einfach nein
und sie nennen dich kaltblütig
das meinen sie positiv
sei nicht gefasst und schrei einfach nein
hier sind die dinge anders als anderswo
sagen sie dir dann
und lassen dich nicht aussprechen
ausschreien
außer du sagst
ja
die dinge hier sind anders als anderswo
und ich gehe zu meinem office manager
frage ihn um rat:
mein-liebster
aber doch nicht–
bis wann versteckt–
bis wann im unter–
ich übernehm die–
mindestens teile–
willst du dich nicht–

willst du nicht doch–
dass wir in ruh–
ich kann auch deine cousine–
oder frage du doch–
sie hat ja viel–
ob sie was dazu–
ich gebe auch–
und der staat–
mein liebst–
dass wir in ruhe–
mach das doch
bitte

UND ALS ich an einem winterlichen tag an einem bach
meine alte power-rangers-figur *blue thunder* ins wasser
gebe und mich von dem kindlichen superhelden-plagiat
verabschiede
sehe ich eine reihe von soldatensärgen
die auf den händen der menschenmassen getragen werden
mela ruft mich an
ich habe einen termin für dich bei einem
polizeipräsidenten

– ich dachte ich sollte mich weiblich anziehen wenn ich zu
ihnen komme herr oberst
– das ist erst gestattet nachdem sie eine genehmigung
dafür erhalten
– ich werde mich anders kleiden herr solange ich keine
genehmigung habe herr oberst
– sie wird erteilt wenn sie sich einer hormontherapie
unterziehen
– ich werde mich also erst nach der therapie anders kleiden
herr oberst

– die genehmigung kann in ein paar monaten bei mir abgeholt werden
– unter einer platane am ufer eines baches hockt eine gestalt mit hundekopf und versucht einem mädchen auf der anderen seite des wassers eine axt zu reichen
– wie bitte

UND ICH ENTSCHEIDE MICH FÜR EINE
O-PE-RATION
UND GEHE INS MUSEUM DER ABWESENHEIT
IN DIE MIT ORNAMENTEN VERZIERTE
ABTEILUNG FÜR MÄRTYRER
UND FRAGE OB ICH MEINE EXTREMITÄT
ABGEBEN KANN
OB ICH MEINE INNEREIEN ZUR SCHAU STELLEN
KANN
OB ICH SIE DIESEM IMPERIAL-KOLONIAL-
FEUDAL-MODERNEN HAUS EINVERLEIBEN KANN
INS CAMOUFLAGE-HAUS DER POLITISCHEN
EREKTIONEN
OB ICH NICHT AUCH ALS MÄRTYRER GELTE
ODER MÄRTYRERIN
OB MEINE KÖRPERTEILE NICHT AUFGENOMMEN
WERDEN KÖNNEN
IN DER ABTEILUNG FÜR DEN NATIONALEN
WIDERSTAND
OB SIE NICHT ALS NATIONALGUT GELTEN
KÖNNEN
OB SIE NICHT MINDESTENS HIER BEGRABEN
WERDEN KÖNNEN
ODER IN DIE LATRINEN

fanis ruft an
mela und ich haben gesprochen
komm zu uns
du kannst in der firma arbeiten
als ihre rechte hand
ich find es toll

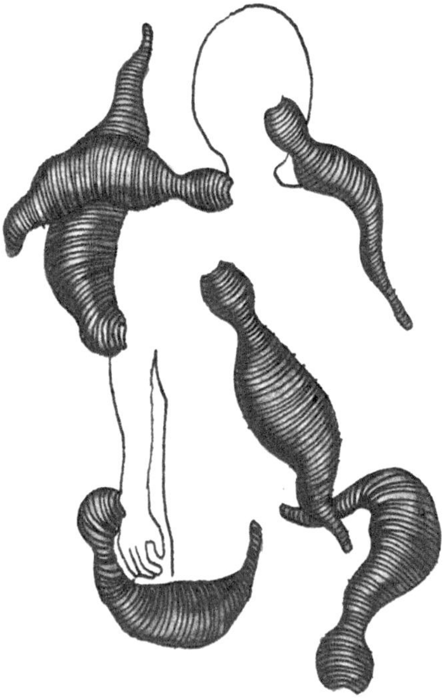

2
TABLEAU VIVANT DER STÜRMISCHEN LANDSCHAFTEN

***

zwölf uhr mittags willenlos

mela
ultraviolette weite
ein öltanker in der deutlichkeit der entfernung
fanis springt aus einem dornbusch
ein lichtkegel aus der ferne: eine lokomotive: lilablassblau
ein mann steigt ab mit einem staubigen mantel
er hält seinen kopf unter dem arm
und ein anderer der einen buckel hat
plötzlich fängt fanis zu tanzen an: mit hüftschwüngen
der staubige streckt mir ein federmesser entgegen
ich nehme es und knie mich hin
auf die asphaltierte straße: fanis auch
aus der gestalt des kopflosen bricht ein kerniger ton aus
und löst sich auf
aus den halb geöffneten lippen des buckligen schwebt ein
dunkler strom hinaus
aus luftkringeln wie aus einem räuchergefäß
fanis fängt an zu singen:

es heißt
jemandem wäre das herz
aufgegangen
zwischen chipstüten
und briefen an einen psychiater
mit einem messer
an einem falschen tag
an dem staub fiel vom himmel

seine laute werden vom meer aufgesogen
der nebel löst sich auf

die lokomotive fährt weg
auf einmal steht jemand anders vor mir mit einer weißen bluse
ein lichtstrahl glänzt zwischen ihren augen
ich lege mich auf den boden
das meer macht keinen halt an seinen küsten
*

elija spielt mit kindern volleyball. fanis schaut zu mir, und wieder weg. etwas treibt ihn zum fluss. plötzlich sieht er jemanden auf einem gelben plastikstuhl. mit einer dünnen bluse. mit weißem krägelchen. ihre füße sind im sand vergraben. fanis setzt sich zu ihr. ich folge unfreiwillig dem flusslauf.

fanis
ist er dein hund?

eva
jedenfalls kommt er immer zurück zu mir: geh weg hund.

mela
der hund geht weg. seine schritte sind unsicher. er bleibt vor elija stehen.

eva
ich habe euch heute morgen gesehen. alle drei im wasser.

mela
der hund schaut umher und bemerkt eine möwe. es ist irgendwas zwischen den beiden.

fanis
du hast farbe im gesicht.

mela
ihre nasenflügel bewegen sich. sie riecht fanis' schweiß. ihr name ist eva. sie streift fanis' hand mit ihren fingern. er springt auf.

fanis
es heißt, gottes geist schwebt auf dem wasser. das hält den möwen den atem. vielleicht mögen sie deshalb das meer so sehr.

eva
wenn du aufs meer schaust, schaut doch nichts zurück.

fanis
ich habe dich auch heute morgen gesehen. in der flussgabelung.

eva
ja, ich habe angst vor dem meer.

mela
sie schauen sich an. und: es passiert wieder. fanis verliebt sich schnell in frauen, die älter sind als er. und in situationen, die er nicht kontrollieren kann. eva lächelt ihn an.

eva
lass uns zu mir gehen.

fanis
ich habe ein zimmer mit meerblick.

mela
das stimmt nicht. *wir* haben ein zimmer mit *waldblick*.

wenn man sich über das geländer hinauslehnt, sieht man das meer.
eva öffnet die tür zu unserer terrasse.

eva
ein kleines zimmer für drei personen. und nur ein bett.

fanis
schau! wenn du dich über das geländer lehnst, siehst du das meer.

mela
ich höre den nachklang seiner worte. meine bauchmuskeln zucken.

eva
komm näher. knie dich hin.

mela
evas augen vernichten jeden widerstand in ihm. der umriss ihrer brüste wächst. fanis kniet sich hin. ich spüre eine freude in mir, eine rissige freude.

eva
schau mich an: wie heißt sie?

fanis
mela. elija und ich nennen sie mela. sie ist elijas cousine.

eva
hübsch ist sie. die dunkelgelockte.

mela
ich heiße mela und mein mund ist trocken.
eva fährt mit ihren fingern durch fanis' haare und zieht an ihnen. meine lider fallen zu. ich sehe zwei lichtpunkte, die sich in zwei fliegen verwandeln. zwei goldene schmeißfliegen. sie umkreisen die beiden. sie zieht wieder an fanis' haaren. ich öffne meine augen. evas augen sind offen. ihr mund auch. fanis öffnet seine augen. sie lächeln sich an.

fanis
ich arbeite in ihrer firma. petrochemische geschäfte.

eva
und was für geschäfte macht ihr hier?

mela
fanis kann nichts für sich behalten.

fanis
wir sind hier für eine art operation.

eva
ist jemand krank?

fanis
elija muss hier operiert werden. elija möchte hier operiert werden. wir begleiten ihn.

eva
was fehlt ihm?

mela
fanis schweigt. das ist gut so. sein herz schlägt im takt

ihrer handbewegungen. sie fährt wieder mit ihren fingern durch fanis' haare und … zwei goldene schmeißfliegen … ich schaue ihnen willenlos zu.

eva
dein schweiß schmeckt wie kaffee.
aus einer kanne aus aluminium.

fanis
deswegen gehst du?

eva
entschuldige. das kommt von meiner nierenerkrankung.
du schmeckst gut.

mela
eva muss bestimmt zur dialyse gehen.

eva
ich gehe zur dialyse.
elija kann übrigens zu uns ins institut kommen.

mela
eva geht weg. sie kommt wieder zurück und flüstert ihm etwas ins ohr.
auf fanis' stirn bilden sich furchen. dann lächelt er und nickt.

eva
da ist ein sturm, der sich aufbrausen will. aber der horizont ist unentschieden.

mela
fanis ist ein fanatiker. er wird ihr eine niere geben.
etwas prickelt in mir. oder war das ein schrei?
vielleicht nur ein albatros.

und im manuskript der verschwundenen studentin steht:
4 blutegel sind ein barrel erdöl

die frau holt ein glasgefäß, zur hälfte mit klarem wasser
gefüllt, und sagt:
»sieben egel statt op. vier für die krampfadern, drei für den
fersensporn«
die ringelwürmer sehen aus wie haarknäuel-massen mit
bunten seifenrückständen
»der hintere saugnapf hakt sich fest. in dem vorderen ist
die mundöffnung«
vierhundertneunzig kalkzähne nagen sich durch die
hautschichten
ich fühle keinen schmerz
»sie geben schmerzlindernde stoffe ab, bevor sie
anfangen«, sagt sie
etwas flüssiges läuft meine wade hinunter
»blutegel konzentrieren das blut und scheiden ein serum
aus. das ist, was sie spüren«

ich schlafe ein und träume. ein egel liegt auf meiner nase.
ich wache auf
etwas flüssiges läuft meine ferse hinunter
»das allerdings ist blut. die sehne ist so sehr entzündet, und
somit stärker durchblutet, dass
zwei egel schon fertig sind und abgefallen«
den dritten zieht sie aber nicht ab. durch den schock könne
der egel das aufgenommene blut wieder in die wunde
erbrechen

sie fragt mich nach meinem beruf
»öl und gas? steigen sie lieber ein in das blutegelgeschäft«

vier exportierte blutegel seien so viel wert wie ein opec-barrel, sagt sie
und gibt mir eine kleine flasche mit blutegelöl
»das schenke ich ihnen. tragen sie das täglich auf die wunden. ist gut für das wachstum der gewebe. männer kaufen das wie verrückt, das soll den penis verlängern außerdem: sie wissen ja, blutegel sind zweigeschlechtlich. das öl fördert die produktion von östrogenen«

***

renaissance redesign

reisser
einige fragen habe ich ihnen
im ersten gespräch gestellt
aber ich wiederhole sie weil jetzt
alle mitglieder anwesend sind
ich hoffe sie haben nichts dagegen
wann genau haben sie also eine solche
diskrepanz bemerkt zum ersten mal?

elija
im dorf. als kind. die kinder haben mich mädchen genannt.

reisser
wie hat es für sie geklungen das wort ›mädchen‹?

elija
die lehrer haben mich auch so genannt. für mich war es okay, aber für sie: es war so, als würde ich sie stören. oder etwas falsches sein.

reisser
haben sie als kind lieber mit mädchen gespielt?

elija
ich habe mit jungs gespielt, aber auch mit meinen cousinen.

reisser
hatten sie freunde in der schule?

elija
die kinder haben dinge gesagt wie aus den mündern der erwachsenen. ich habe gerne den jungs zugeschaut.

reisser
gab es in ihrer pubertät etwas auffälliges?

elija
nicht wirklich. muskeln, bart, ein wenig brusthaare. am anfang habe ich meine brust mit mandelöl eingerieben, damit die haare schneller wachsen. später habe ich mich aber überall rasiert.

reisser
kamen in dieser zeit männer vor in ihren fantasien
kamen frauen vor?

elija
beide kamen vor. ich habe *mich* aber oft in einem anderen körper gesehen.

reisser
wie meinen sie das?

elija
ich konnte vieles machen und vieles sein.

reisser
und wie sah es mit der erektion aus? gab es da einen konflikt?

elija
ich dachte, ich mag nur jungs. dann hat mich mein onkel zu einer frau gebracht.

reisser
sie haben dann mit dieser frau geschlafen?

elija
ja. mein onkel war begeistert.

reisser
wie war es für sie?

elija
er war einfach begeistert.

reisser
wie ging es dann weiter?

elija
später hat mir mein freund, also der büroleiter … er hat versprochen, mich zu heiraten, falls ich mich operieren lasse.

reisser
und dann?

elija
dann haben wir uns getrennt.

reisser
nachdem sie sich operieren haben lassen?

elija
nachdem ich mich operieren lassen musste.

reisser
konnten sie sich damals also vorstellen
als mann weiterzuleben ohne operation?

elija
ja. ich habe es mir vorstellen können.

reisser
nun wollen sie sich wieder operieren lassen?

elija
ja.

reisser
was erhoffen sie sich von der operation?

elija
weil ich hoffe, bin ich bei ihnen. damals habe ich mich aus not operieren lassen.
jetzt habe ich eine andere vision für die zukunft.

reisser
sie wissen sicher dass eine rückumwandlung
noch schwieriger ist als die umwandlung
ich verstehe ihre situation gut in einigen
fällen besteht der wunsch nach einer
rückumwandlung das problem dabei ist
dass einiges an gewebe bereits vernarbt ist
es fehlt also an körpereigenem gewebe

elija
sie reden ja nur von frauen und männern. ich hab eine ganz andere fantasie.

die anderen
an wen denken sie wenn
sie jetzt fantasien haben?

elija
an einen älteren mann, oder eine beleibte frau. oder etwas ganz anders.

die anderen
sie sagen *etwas anderes?*

elija
ja.

die anderen
wie sind diese anderen?

elija
sie sind befreit von unseren kategorien, haben andere schnitt- und bruchstellen am körper. jedes wesen in ihrer welt ist einzigartig und doch haben alle etwas universelles und können sich ohne zwang synchronisieren und ihre welt umgestalten.

die anderen
und was machen sie mit ihnen?

elija
wir spielen. oder gehen aus. gehen ins bett. stehen zusammen auf.

die anderen
wenn sie jetzt regie hätten über ihr leben
mit wem würden sie gerne sex haben?

elija
sie reden immer nur über sex. wenn ich regie hätte über mein leben, wäre ich anders.
dann würde ich viele dinge verändern.

die anderen
wir können sie operieren das geht
wir können sie zurück umwandeln
damit sind wir schon an der grenze
innerhalb der natürlichen gegebenheiten

elija
was ist dieses »natürliche«? ein segen? oder eine entschuldigung?
die »natur« ist eine undurchschaubare, ziellose, aber uns zugewandte bestie.
es gibt einen körper, frau professorin, einen körper ohne ort. aber mit zukunft. mit zukünften. ich sehe ihn, in den tiefen meiner träume.
zwischen hell und dunkel, leer und laut, heilig und viral, hungrig und heiter.
zwischen treue und verrat, anziehung und widerwillen, wolke und weizenfeld, flussböschung und bahnsteig, zwischen lotterie und verhandlung.
etwas praktisches, wie einen kugelschreiber, etwas

magisches wie ein verstellschlüssel.
können sie ihn mir geben?

alle
--

elija
können sie ihn mir erschaffen?

alle
--

elija
ich spreche auch von natürlichen dingen.
von strömungen, wirbeln, reflexen, wellen und zirkulationen.

reisser
sie verstehen ihren körper also
als eine pforte zu einer neuen welt
denken sich als etwas modellhaftes

elija
ja. zu einer neuen welt.

reisser
welche gründe haben sie dafür?

elija
ich hab ein begehren.

die anderen
das begehren elija hat nur bestand
durch einen mangel

elija
in meiner sichtweise nicht. sie, frau reisser, sie und ihr team sind die menschen, die realitäten schaffen. die neue intimitäten schaffen, zwischen mensch, tier und maschine.

reisser
wir forschen an vernetzungen zwischen
genetischen und nanotechnologischen entwicklungen
und computergenerierter kommunikation

die anderen
bei den neuen entwicklungen handelt
es sich meistens um gegenstände und
methoden die therapeutisch orientiert sind
es geht dabei um die beseitigung eines mangels

elija
vor einiger zeit hat frau reisser gesagt: der mensch kann sich auch in eigenregie evolutionär weiterentwickeln.

die anderen
angenommen elija sie hätten ein neuroimplantat
welcher art auch immer im körper sie wissen
dass ein chip der mit nervenzellen kommuniziert
von außen abgefragt und gesteuert werden kann?

elija
wir brauchen neue fähigkeiten, neue allianzen. und keine skepsis mehr.

die anderen
was genau ist ihr wunsch?
möchten sie ein cyborg-leben leben?

elija
ich möchte einen körper zwischen verschwommenen
kindlichen fantasien und faszinationen für die zukunft,
zwischen frontaler absage und totaler hingabe.
ich will an diesen unbeschriebenen ort.

die anderen
--

elija
frau reisser?
darf ich sie alleine sprechen?

im radio der verschwundenen studentin

heute läuft eine sendung mit dem thema: »ungeliebte wahrnehmungen: klassenkampf oder kulturkampf?«. ein philosoph schaltet sich aus dem urlaub ein und spricht über das gleichgültige wehen in den bergen und das filzige edelweiß. ich merke, er ist jemand, der gerne zwischen echten linken und poplinken, gelegentlich nennt er sie auch kulturlinke, unterscheiden möchte. diese zweite gruppe sei elitär, sie strebe einen postmodernen verteilungskampf an. sie kämpfe nicht dagegen, dass es überhaupt ungleichheit gibt, im gegenteil, sie will zu den eliten gehören. der philosoph ist sehr bemüht, nicht wie rechte theoretiker zu wirken, von deren vorstellung von kultur und gesellschaft er sich energisch distanziert. es ist unüberhörbar, dass er nicht sarkastisch, nicht überheblich, zugänglich und vor allem nicht als ein altmodischer marxist, aber trotzdem frisch und unangepasst wahrgenommen werden möchte, wenn er über die marxsche wert- und gesellschaftskritik oder den klassenkampf reflektiert. er verwendet das wort »identitätspolitik« oft. man spürt die zurückgehaltene wut in seiner ausdrucksweise, jedes mal, wenn er das wort ausspricht. die spannung ist auch in seiner stimme hörbar: er zieht einzelne vokale ungewöhnlich in die länge. der klang seiner worte wirkt dabei härter, manchmal schriller. er scheint zu denken, dass es möglich ist, eine kapitalistische gesellschaft von »außen« zu kritisieren. er spricht so, als würde er den eindruck erwecken wollen, dass er es möglicherweise geschafft hat, diesen ort, dieses »außen« zu erreichen.

im hintergrund ist ein rostiges knarzen zu hören. mit der kunst der melodie seien die vögel auf der partnersuche,

sagt er, mit einer plötzlich fröhlichen und bewegten stimme, und er fährt fort:
»die menschen übernehmen die regierungstechniken und übertragen sie auf den körper, manchmal wenden sie sie auch gegen regierungen an. man spricht von einem fremdgeführten optimierungsdrang. da ist in den neoliberalen gesellschaften der imperativ der selbstregulierung im spiel, der übrigens vertikal gerichtet ist. es geht darum, mit einem besonderen eifer permanent *das schöne, das mächtige, das authentische oder das reine selbst* zu finden.

ich beobachte zurzeit zwei dynamiken: einerseits geht eine art gespenst um in unserem öffentlichen diskurs. es herrscht eine übertriebene rücksicht auf die befindlichkeiten der minderheiten und ihr verständnis von identitätsbildung. es wird gewarnt vor expliziter sprache. in dieser optik spielt die systemisch angelegte ungleichheit von lebenschancen oft, sehr oft, eine schwache rolle.

auf der anderen seite hat der kulturkampf, der hauptsächlich von selbsternannten mehrheiten geführt wird, die körper erreicht: dadurch werden sexistische und rassistische tiraden im rahmen der meinungsfreiheit normalisiert und institutionalisiert. genau wie ethnozentrische und identitäre bestrebungen. hier wird mit einem besonderen eifer ein bekenntnis zu klaren normen, werten und zuschreibungen verlangt«.

es knarzt im radio
es knackt in den leitungen
die störung rückt ins gehör
das ist sehr angenehm

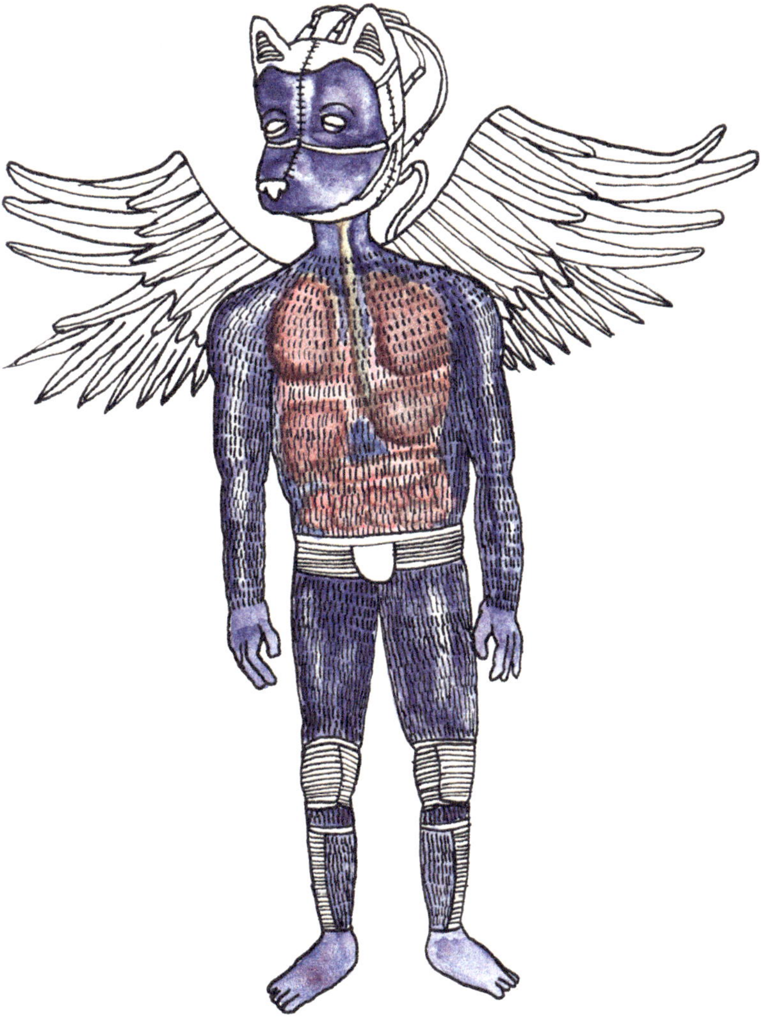

***

club »material« minimal

eva
schau! wie aus sich herausgetretene lotsen suchen sie nach anschluss. blicke wie bildschirme.

fanis
ist irgendwas mit dir?

eva
deine freunde scheinen sich auch gut zu amüsieren.

fanis
wir können auch rausgehen, wenn du dich unwohl fühlst.

eva
entschuldige, ich war in anderen gedanken.

fanis
wie ist es so … wenn das blut gewaschen wird?
pause

eva
ich fühle mich danach sehr klar im kopf und irgendwie satt.

fanis
es muss sehr seltsam sein, wenn eine so große maschine die niere ersetzt.

eva
--

fanis
ich habe lange darüber nachgedacht-

eva
du musst dir keine sorgen machen um mich.

fanis
ich habe wirklich lange darüber nachgedacht. ich bin bereit.

eva
wollen wir rübergehen?

***

club »material« spezial

auf dem präsentierteller durcheilen die gedanken der menschen den raum bei den begegnungen mit anderen besuchern. die blicke wollen sich irgendwo einnisten. das tier will heute nicht leer ausgehen

– na, kleiner see?
– willst hineinschwimmen, nicht?
– er hat hier seinen körper mitzuteilen
– dein mund riecht nach den kabinen
– schau, die freude in mir hat eine besondere natur
– ja ja, du unmarkierter
– eine ganze zivilisation steckt in diesen blicken
– stürz lieber ein in meinen stall
– ich bin kein dienstleister an deiner vorlage
– ach dieses theater wieder

mela
sind das disco-hörner?

flo
was für dinger?

elija
auf deinem kopf.

mela
die katzenohren.

flo
ach ja.

elija
sie bewegen sich ja.

mela
synchron sogar.

flo
ja.

elija
batteriebetrieben?

flo
ja, ja.

mela
süß. und ein sensor unter der haube.

elija
ein sensor?

mela
er misst die gehirnströme und stimuliert die ohren.

flo
jaa.

elija
und jetzt?

flo
und jetzt was?

elija
gerade sind sie ganz oben, deine ohren.

mela
das heißt, die stimmung ist gut.
*

flo
das heißt, die hörner lauern. ich hatte sowas auch mal als schwanz.

mela
als schwanz?

flo
hinten. am hintern.

mela
und er wedelt dann auch?

flo
ja klar.

elija
wie fühlt sich das an?

flo
ein schwanz am hintern? toll.
*

flo
habt ihr lust?

elija
auf was?

flo
na auf die kabinen?

mela
ich bin raus.
*

elija
wie ist es da in den kabinen?

flo
na, wie ist es da in den kabinen?

elija
ich bin neu hier.

flo
ich nicht. ich bin flo hier. ihr habt mich angesprochen. und ich dachte …

mela
das war wegen deiner ohren.

flo
und ich dachte an ficken.

mela
ist schon gut.
*

flo
für euch mache ich es günstig.

mela
und sonst bist du teuer?

flo
yes! aber erschwinglich. ich hacke menschen ja für gute zwecke.

mela
eine gemeinnützige sozio-schlampe also?

flo
und den arsch voller probleme. die der anderen.

mela
bist du held oder heiliger?

flo
händler.

elija
und wie heißen die dinger?

flo
was für dinger schon wieder?

elija
die für den hintern.

flo
taillies.

elija
was?

flo
brain controlled tails. vom gehirn kontrollierte schwänze!
*

mela
es freut mich, dich zu sehen.

eva
mich auch.
hallo elija.

mela
und übrigens: du bist auch schön.

flo
hallo eva.

elija
sie kennen auch flo?

eva
alle kennen flo.

flo
schön sie wiederzusehen, frau reisser. wie geht's?

eva
ich fühle mich nicht gut. wir sehen uns sicher bald wieder.

flo
bleiben sie doch ein bisschen.

mela
sie muss das ganze erst verarbeiten.

flo
was denn?

eva
was ihr fanis versprochen hat.

flo
was denn?

dann etwas wie ein blitz, eine bezauberung vielleicht,
ein gutes lied
flo geht in eine kabine, alleine

flo
»das hast du aber schlecht gemacht so. so vergraulst du alle. so sind sie ja schnell weg«
höre ich mich sagen
»wenn du dich verhältst wie ein rotziger puppenjunge«
na und? sie sollen ja auch weg!
die dunkelgelockte … und der androgyne … der postmoderne boboschwarm
die haben einen jägerzaun im kopf und wollen die welt retten
von mir aus sollen sie gehen
nur die, die etwas schnelles wollen, sollen bleiben. ich will alles rasch verhandeln, ohne ein debiles zögern, und schnell zur sache.

sie tun so, als würden sie etwas für mich empfinden. was soll da sonst noch zu finden sein, da wo nur eine materialsammlung ist und ein paar informationen?
und überhaupt: empfindungen muss man im gewebe aufbewahren
jaja, klar: nein.
ihre worte streben nach dem weltall, nach sozialer unsterblichkeit, ich aber suche nach einer lebendigen kraft, um mein *irdisches* leben fortzuführen und erfolgreich zu beenden, ich bin ein lohnarbeiter und fordere eine augenblickliche gegenliebe für meine dienstleistungen, in form von geldscheinen, am besten frischen, das ist doch das höchste: den genuss mit genuss zu belohnen

als wäre da *irgendwo* ein *irgendwas anderes,* ein etwas *bedeutendes* irgendwo in dieser chose. etwas, das mit irgendwas anderem verflochten wäre, das innere ist ein gerissenes netz. und ja, da will sich jedes ungeziefer von außen leicht einnisten

»hast du lust auf die kabinen?«, *sage ich ihr.* darum geht es. das tut was
»hast du lust auf die kabinen?«, *sage ich ihm.* das ist biochemie. ist greifbar

ich kann mir keine reise leisten, um mir schwänze wachsen zu lassen
mein überlebensgebiet ist der *fleischfriedhof: spiegelglatt, doppeldeutig, pikant!* das menschlichste und lebendigste gebiet überhaupt
das gewebe kann nun mal schnell faul werden. viel zeit ist da nicht

ich lass mich doch nicht in eine sogenannte tiefe fesseln. ich fessele
»kabinen«? »was für kabinen«? na waswas? na: ficken

was machen sie da überhaupt, diese urbanen poser, die selbstzufriedenen kampf-schmuser? hier geht es nicht um dauer. es geht um ausdauer
ja okay, der typ ist okay. hat was in seinem auftritt, was süßes
und die öltante gefällt mir eigentlich auch. ihr blick, er hat so getan, als wäre er etwas mit innereien und rändern, etwas greifbares, das nicht weiß wohin und ein nest sucht in mir. vielleicht ist da doch was drin, von dem ich noch nicht weiß?

zurück in den tanzraum

- na, schönes tier?
- dieses menschenmaterial ist noch im entstehen
- das tier hat was gesagt
- da gibt es eine andere tradition
- wenn das tier einmal ins laufen kommt
- man muss ihnen etwas zeit lassen
- aber wenn das tier nur *einmal* ins laufen kommt
- sie haben das zeug dazu
- na, stilles wasser?
- wie ist das so in deinem »kulturkreis«?

mela
was denkst du, flo, wie ist das universum entstanden?

flo
entstanden? vielleicht nie. es ist vielleicht ein system, das sich immer erneuert und im gleichgewicht bleibt.

mela
so ganz im gleichgewicht sind die dinge nicht, oder?

flo
auf der erde nicht ganz.
was willst du eigentlich von mir?

mela
wie gut kennst du *frau reisser*?

flo
geh doch zu ihr und sprich über euren plan.

mela
sie war sehr abweisend zu elija.

flo
ist ja klar, dass da nicht jeder mitmacht.
es ist ja auch ziemlich ungewöhnlich, was er da will.

mela
und das sagt gerade der turbohändler? der hacker mit dem katzenspielzeug?

flo
das aber ist ein ganz anderes terrain. viel komplizierter.

mela
außerdem hast du keine ahnung, was er will.

flo
und ihr keine ahnung von diesen dingen.
ich hab immerhin eine vorahnung.

mela
wir brauchen vielleicht deine hilfe, flo.

flo
fanis hat doch was mit frau reisser, oder?

mela
fanis will ihr eine niere geben.

flo
krass! ist das teil eures plans?
geh doch zu ihr ins büro und erwähne die niere einfach mal. mit etwas nachdruck.

mela
wirst du mir helfen?

flo
mir liegt was daran, euch zu helfen. auch wenn ich noch nicht weiß, warum.

mela
ich kann dir jedenfalls sagen, womit.
es wird sich für dich lohnen.

*

– komm, einsamer wolf, zieh durch mich
– ich fühle mich wie ein hebel
– hier wäre son ladegerät
– der tiger will ja was anderem begegnen
– ist das ding nun geladen oder nicht?
– als nur gleichartigem und gazellen
– »kultur« und »kreis«?
– wie sie sich bewegt, das blümchen
– hast du was dagegen?
– wenn ich dich blende?

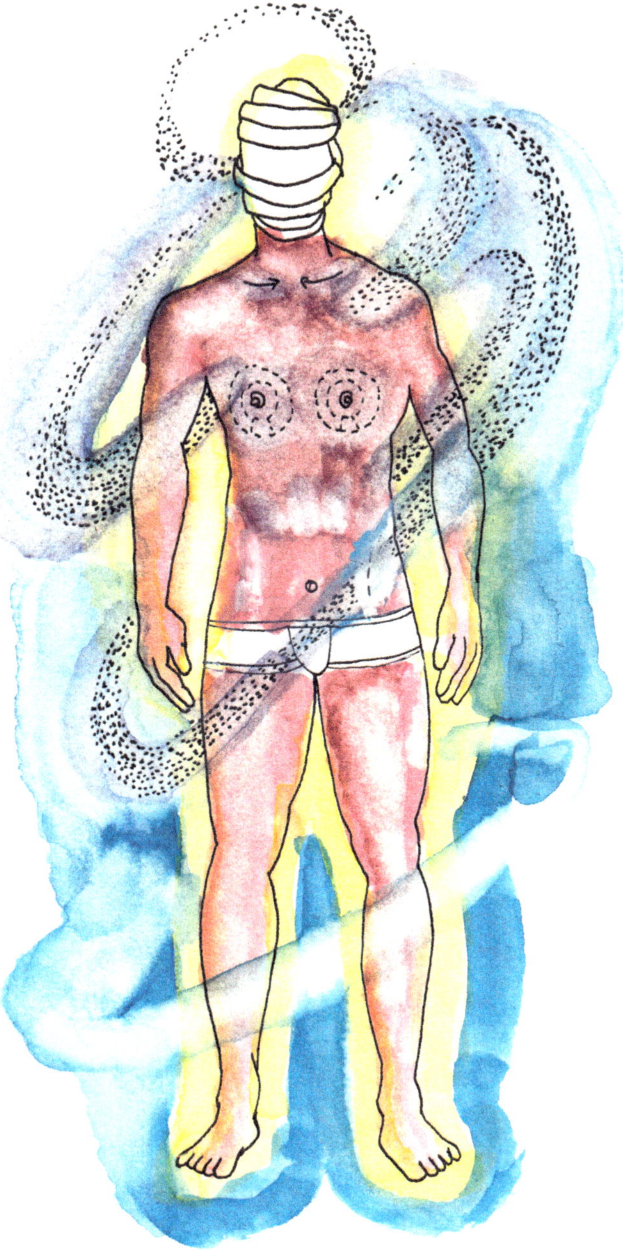

und im manuskript der verschwundenen studentin heißt es: das paradies liegt zu füßen der mütter, und vielleicht märtyrer

über einen gefallenen soldaten wird in der
vergangenheitsform gesprochen
über einen märtyrer im präsens
im riss des moments
er ist heil bringend

ein märtyrer eine märtyrerin ist kein gefallener soldat
ein gefallener soldat ist ein verlorenes leben
sein tod ist für *sich* selbst
eine märtyrerin ist der eroberte tod
sie hat sich verloren
um aus sich zu sein
sie hat das *sich* verloren
für die anderen

ein gefallener soldat ist eine botschaft
ein märtyrer verschwindet *in der* botschaft
ein gefaller soldat nimmt die dinge *mit* sich mit
eine märtyrerin ist eine überbringerin
ein gefallener soldat ist eine verpasste möglichkeit
ein märtyrer eine bestätigte geschichte ein gewinn

ein todesfall im krieg ist eine unterbrechung des
kontinuums
das verschwinden des märtyrers ein perfektioniertes ende
ein märtyrer ist kein opfer keine celebrity hat keinen
ökonomischen wert

ein soldat liegt im grab
eine märtyrerin ist ortlos
sie ist die spannung zwischen jetzt und später
eine störung in der mitte in der vermittlung
im medium in der meditation

ich und das erdöl
wiedergeborene organismen im permanenten krieg
in permanenter auflösung und wiederherstellung
eine orgiastische rüstung eine asymmetrische allianz als
antwort auf die gespenster

als antwort auf den wahn des rituals
und die penetranz des kultes
und den kadaver der tradition
und die völlerei der moderne
und den ruin der ideologie
und die mystik der postmoderne
und das projekt der identität
und den imperativ des selbstmanagements

für uns kein entrinnen

***

am lebendigen körper

reisser
ich möchte ihnen helfen, aber die realen gesellschaftlichen verhältnisse können sie nicht einfach ignorieren.

mela
es geht nicht um technik oder medizin. sondern um die gestaltung der welt.

elija
das geschieht doch an meinem körper.

reisser
die technik beherrscht und befolgt regeln, sie versteht sie nicht.

mela
aber sie kann grenzen überwinden, neue menschen und kräfte zusammenbringen.

reisser
im grenzgebiet zwischen organismus und maschine gibt es trotz aller vorteile für die menschen eine ständige spannung. einen gewissen krieg. sie werden ihn nie los. und: denken sie nicht, dass es dazu eine öffentliche diskussion braucht?

mela
die öffentlichkeit lehnt jede veränderung erstmal ab.

reisser
eine solche auf jeden fall. und zu recht. ich greife nicht mehr zum skalpell. wir sind schon jetzt in ständigen katastrophen eingeklemmt und müssten erst die verwüstungen der gegenwart rückgängig machen. es gibt dringlichere dinge, die wir verbessern können.

mela
aber in jedem moment der katastrophe kann es auch einen sprung geben, eine rettung.

elija
frau reisser, verwischen sie bitte die grenzen. meine wünsche und konflikte. lassen sie mich den moment ergreifen, bevor er lautlos und unsichtbar wird. im interesse der allgemeinheit.

reisser
das ist illegal, elija!

elija
überlassen sie mir das verantworten. ich möchte ihn: diesen körper, den krieg.

***

einzig richtig
fanis und die lebendspende-kommission

diese szene findet statt, während zur gleichen zeit elijas umwandlung und auflösung zum totalen kunst-maschinen-leib stattfindet

die kommission
wie wir sehen sind die meisten stationären untersuchungen
des spenders und die erfassung aller medizinischen daten
die für die vermittlung des organs und die vermeidung
der risiken für den spender sowie für den schutz
des organempfängers wichtig sind
bereits erfolgt ebenso andere maßnahmen
nun sagen sie uns ob sie wissen warum sie hier sind

fanis
hier wird eine psychologische beurteilung vorgenommen.

die kommission
genauer gesagt hier werden juristische
psychologische und medizinische aspekte
der lebend-organ-spende beleuchtet
nennen sie uns doch bitte die wichtigsten risiken
über die sie bereits informiert worden sind

fanis
also … ich wurde informiert, dass bei der operation komplikationen auftreten können. diese können zum beispiel sein: blutungen, wundinfektionen, eine lungenentzündung und sogar -embolie. oder ein herzinfarkt.

die kommission
wie sie wissen sind diese zwar
prinzipiell beherrschbar können
aber im einzelfall auch tödlich sein

fanis
es wird von einem sterberisiko von 0,03 bis 0,04 %
ausgegangen.

die kommission
richtig

fanis
und es kann auch einen narkosezwischenfall geben.

die kommission
sie sind gut informiert wie siehst es
aus mit ihrem informationsstand über
die regelmäßige nachbetreuung?

fanis
ich weiß, dass nach der op schwere psychische
belastungen entstehen könnten.

die kommission
welche beziehung pflegen sie zur organempfängerin?
wieso möchten sie ihr eine niere geben?

fanis
ich habe eva sehr gern.

die kommission
inwieweit würden sie sagen wäre

eva enttäuscht wenn sie sich doch
gegen eine spende entscheiden?

fanis
das weiß ich nicht.

die kommission
würde sie ihnen vorwürfe machen
wenn die spende nicht erfolgt?

fanis
das glaube ich nicht.

die kommission
inwieweit würden sie sagen wären sie
selbst enttäuscht wenn sie sich dagegen
entscheiden müssen oder die spende nicht
erfolgen kann aus anderen gründen?

fanis
ich bin ja dafür.

die kommission
und wenn das organ versagt?

fanis
dann kann ich nichts dafür.

die kommission
würden sie ihr vorwürfe machen?

fanis
wieso ihr?

die kommission
würden sie sich selbst vorwürfe machen?

fanis
aber wieso sollte das organ versagen? die ergebnisse sind bis jetzt gut.

die kommission
das kann vorkommen und außerdem
fehlt noch die endentscheidung

fanis
ich habe alles getan, was ich konnte, das würde ich mir sagen.

die kommission
haben sie schuldgefühle?

fanis
was für schuldgefühle?

die kommission
haben sie mögliche besitzergefühle?

fanis
darüber habe ich nie nachgedacht.

die kommission
hat sie schuldgefühle dass sie ein
gesundheitliches risiko auf sich nehmen?

fanis
nein.

die kommission
hat eva sie darum gebeten
ihr eine niere zu spenden?

fanis
nein.

die kommission
wurden sie durch frau eva
oder möglicherweise
jemand anderen
dazu gezwungen?

fanis
was sind das für fragen?

die kommission
routinefragen können sie uns schildern
inwieweit mögliche abhängigkeitsgefühle
zwischen ihnen vorhanden sind?

fanis
wir kennen uns erst seit kurzem.

die kommission
wie kurz?

fanis
kurz halt.

die kommission
und trotzdem riskieren sie ihre
gesundheit und spenden ihr eine niere?

fanis
ihr blut wird gewaschen. das muss furchtbar sein.

die kommission
haben sie möglicherweise doch schuldgefühle?

fanis
ich mag sie einfach sehr.

die kommission
wie können sie sich das rasche näheverhältnis beziehungsweise die intensive sowie ungewöhnliche verbundenheit angesichts dieser kurzen zeit erklären?

fanis
das war einfach da. *plötzlich* da. das gefühl von ... ein richtiges gefühl einfach.

die kommission
denken sie nicht dass *das plötzliche* gefühl ihre freiwilligkeit beeinflusst?

fanis
kennen sie das, wenn sie aus dem fenster schauen, und da ist plötzlich der völlig leere himmel? entweder sie bekommen angst oder es entzückt sie, grundlos.
da geht's um mehr als nur um den freien willen. ich habe mich in sie verliebt. ich werde ihr eine niere geben. das ist das einzig richtige, was ich tue.

die kommission
das einzig richtige?

fanis
auf die kitschigst mögliche art und weise.

die kommission
fanis?

fanis
ja?

die kommission
wollen sie mit ihrer spende möglicherweise etwas anderes erreichen?

fanis
was?

die kommission
frau professorin eva reisser hat heute
die kommission darüber informiert dass
sie keine niere von ihnen nehmen wird

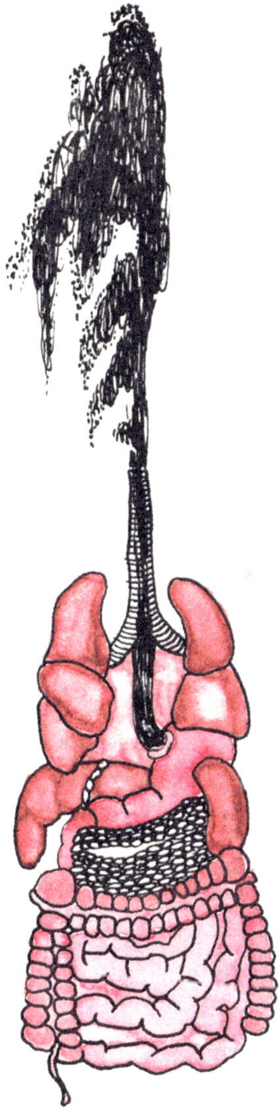

3
TABLEAU VIVANT DER PLASTISCHEN LANDSCHAFTEN

frau professorin eva reisser

lebendigkeit die dir in die augen schaut
das farbige anschauungsmaterial
die soziale anfassungsplastik
liegt da also auf einem sockel
zum austausch von körpertemperaturen
zum spüren und spuren-hinterlassen
der vervielfältigte gen-pool
die mitmach-reparatur-werkstatt
die thermochromatische skulptur
der feurige elija
hat hilfe bekommen von seinen *life managern*
liegt da wie ein bewegliches fresko
wie ein piktogramm in 3d
wie eingerieben mit mandelöl in einem reliquienschrein
in einer blutegel-goldgrube
mit leuchtenden organen und kalligrafischen inschriften
liebevoll umgeben und heimgesucht von
schwimmrobotern
so groß wie spermien und wasserschlangen
von nanobots wie hausgeister
ein stückchen treue zur natur liegt da
befreit von ihrer gewalt
ein stückchen soziales wissen
unter dem spätrot des himmels
im museum der anwesenheit
sein blick wie ein brunnenschacht

verbunden mit einem wahrnehmungsgerät
das elektroakustische wellen aus seinen tiefen misst
und als tableau projiziert
verbunden durch eine nabelschnur

mit einem durchsichtigen fahnenmast hinter dem sockel
und da steigt eine schwarze flüssigkeit empor
elijas ölwunder
fließt zäh in den körper hinein
verbunden mit einem infusionsbeutel
es eilt ein gemisch aus tierblut in seine adern
verbunden mit gewächsen aus ornamenten
aus sich gabelnden blättern und wurzeln
die in den körper wie hineingewachsen sind
eine platane ein wallnussbaum
edelweißblüten vielleicht

drum herum stehen freunde und bürger
die sich die kartierte renaissance anschauen
elija mit einem leichten lächeln umkreisen
durchdrungen von ferne und nähe bewegen sie sich
vorsichtig und spielerisch zwischen mechanik und grazie
mit einer ästhetischen distanz in den blicken

da kann man handlungen vollziehen an diesem bildakt
an dem plastischen *body mapping experiment*
der mater dolorosa ohne schmerzen
fotos davon verbreiten millionenfach
wie von jesus
nur: man kann sich mit der querverbindung hier
mit dem bündnis hier mit dem heilbringenden
mit dem wunderkörper kann man sich hinüberinszenieren
ins netz
mit der limonade in der hand
sich hinauspräsentieren in die crowd

die offene biographie elija
die spielerische einladung elija
die totalspende elija
die verschwundene studentin elija
die gebrochene symmetrie elija
will sagen:

der mensch ist aus sich hinausgedrängt
the cyborg is present

nur dass diese präsenz hier
keine romantische sein will oder exklusive
und nicht organisch reproduzierbar
fluchtlinie und visionsgestalt zwischen dionysos und
odysseus
löst sich auf die ungelöste frage also
zwischen physik und meta
die frage begeht SELBSTERMÄCHTIGUNGSHARAKIRI
ohne selbsttötung
und wird zu vielen fragen
sagt alles ab und wird zum gleichrichter von allen absagen
ermächtigt
der körper der da liegt mit ungerichtetem begehren
und lautlos gerichtet wird
von blicken stimmen und händen

die stundentin findet wohl ein ende und der körper einen
anfang
»der nüchterne spricht vom traum
als spräche er aus dem schlaf«
angetrieben von einer lustvollen hingabe
ausgeschlossen von dem urteil das er erschafft

es schwingen sich leise klänge in die atmosphärischen
höhen
es rauschen in seinen ohren
sprüche und worte der betrachtenden und mitmachenden
die in den raum um den körper hineingesprochen werden
während und nach dem verlassen der vorführung
was sich überhaupt machen lässt
lässt sich klar machen
:
›???‹
›irgendwie witzig‹
›was ist *das* denn?‹
›so strahlend die farben!‹
›selbstermächtigungsharakiri?‹
›was will er denn?‹
›igitt‹
›!!!‹
›oder sie oder es?‹
›da geht aber noch was!‹
›wie sie mitmachen!‹
›atmet er?‹
›wunderschön!‹
»was ich nicht bauen kann, habe ich nicht verstanden«
›mancher fasst sich an den kopf und greift ins leere‹
›greif mal an‹
›xxx‹
»die lüge wird zur weltordnung gemacht«
›hast was verpasst‹
›zeig mir dein gehirn und ich sag dir wer du bist‹
›politik mit anderen mitteln‹
›wo bitte ist die grenze?‹
›mind upload? das geht nicht‹
›xxx‹

›sittenwächter der technik‹
›ist fake, gell?‹
›der brunnen!‹
›ist in 100 jahren ein anderes thema‹
›das ist ja ver-‹
›???‹
»die maschine beherrscht leicht die grimmigen«
›das ist ja ver-‹
›papa! ein engel‹
›wie waben! wiwaben!‹
›nicht-invasive stimulation zum beispiel‹
›das totale gesamtkunstwerk oder was?‹
›wer heimat sagt sagt was schönes‹
›xxx‹
›oder auch blut‹
»lady dada kalam lebt prekär«
›fürs militär schon‹
›kein fisch kein fleisch‹
»no peace beyond the line«
›der spalt zwischen den synaptischen membranregionen‹

*

»der partisan hat zuhause zu bleiben«
›ich bin noch bei dem sinnlichen kern‹
›denken sie an das gute im menschen‹
›weihnachten und ostern zusammen‹
›du verklärst dich jetzt oder wie?‹
›himmelfahrt elijas?‹
›android paranoid‹
›noli me tangere‹
›brot alter brot‹
›ok computer‹
›halleluja‹
›uja uja‹
›na ja‹
›ja‹
›a‹

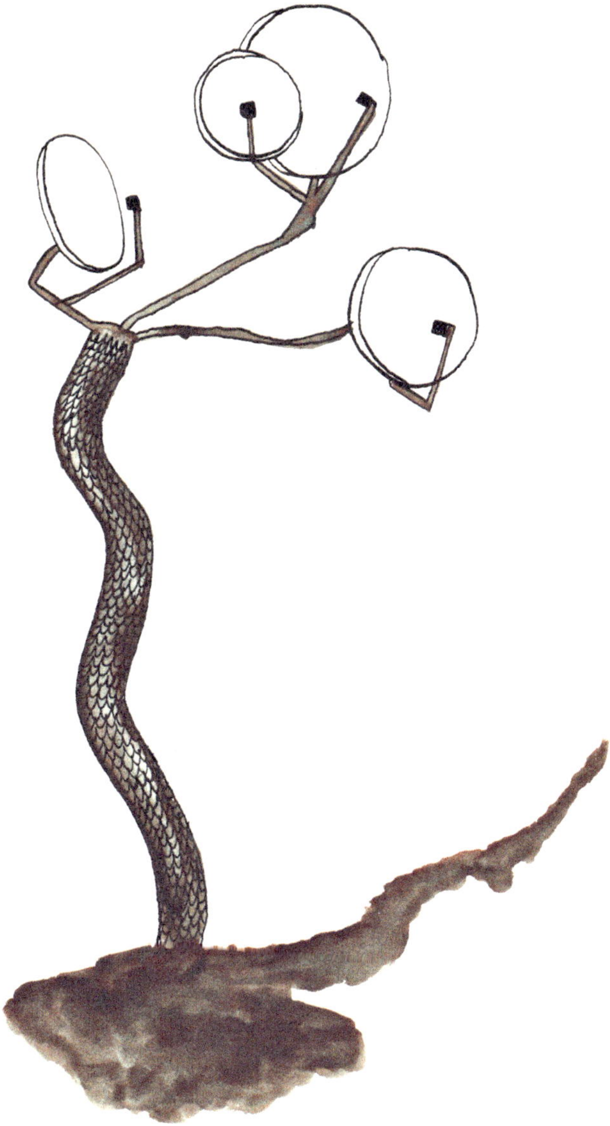

DANKSAGUNG

Danke für die Inspiration und den
Austausch an Ruth Feindel
&

Saman Arastoo سامان ارسطو
Homa Arkani هما ارکانی
Fariduddin Attar عطّار نیشابوری
Rebekka Bangerter
Karen Barad
Mehdi Barzegar مهدی برزگر
Simon Bauer
Frank Baumbauer
Behrang Beh Rang بهرنگ به رنگ
Bavand Behpoor باوند بهپور
Sivan Ben Yishai سیوی آمور و مائسترا – باکتریها! باکتریها!
Walter Benjamin
Blinde Eulen بوفهای کور
Amauris Betharte
Susanne Bredehöft
Almut Shulamit Bruckstein
Oliver Bukowski
Yvonne Büdenhölzer
Canyon Spree
Nick Cave
Theresa Hak Kyung Cha
Gayatri Chakravorty Spivak
Charité Berlin – Arbeiter*innen und Personal
کارگران و کارکنان بیمارستان شاریته برلین
Avishai Cohen
S.T. Coleridge
Mariarosa Dalla Costa
Mariechen Danz

Dotar دوتار
Edith Draxl
Marguerite Duras

Einen besonders liebevollen Menschen in der Klinik
یک فرد دوست داشتنی خاص در کلینیک

Claudia Emmert
Bülent Ersoy
Forough Farrokhzad فروغ فرخزاد
Anna Galt
Theresa Gindlstrasser
Michelle Gurevich
Yasmine Hamdan یاسمین حمدان
Donna Haraway
Hauntology und Monstrumologie هیولاشناسی و هانتولوژی
Sadegh Hedayat صادق هدایت
Carola Heinrich
Helmholtz-Zentrum für Kulturtechnik (HZK)
Hiroshi Ishiguro
Franz Kafka
Michio Kaku
Abolfazl Kalabi ابوالفضل کلابی
Gro Swantje Kohlhof
Laboria Cuboniks
Anna Laner
Steffen Link
Lüster (das Wort)
Mandeln und Walnüsse بادوم و گردو
Marshall McLuhan
Masoud مسعود
Medizinische Blutegel زالوهای طبی
Elham Moradpour الهام مرادپور

Reza Negarestani (¡Cyclonopedia!) رضا نگارستانی – سایکلونوپدیا وای
OkCupid
Hamidreza Pat حمیدرضا – حمیدرضا! – پات
Virgilio Piñera
Robert Pfaller
Paul B. Preciado
Rene
Maryam Reyhani مریم ریحانی
Salvador da Bahia
Sami سامی سامی
Mahsa Sanjari مهسا سنجری
Mohsen Sanjari محسن سنجری
Sardaha زنده باد سردها
Schauspielhaus Wien
Carl Schmitt
Christiane Schneider
Tobias Schuster
Simon
Martina Spitzer
Marcus Steinweg
Rieke Süßkow
Taipei Biennial
The Tiger Lillies
Sadegh Tirafkan صادق تیرافکن
Annalena Trummer
Nolundi Tschudi
Tuna
Vera von Gunten
Verwirrte und aktive Zellen یاخته های سردرگم و فعال
Warenfetisch (das Wort) بت‌انگاری کالا
Peter Waterhouse
Zino Wey
Lena Wontorra

Mehdi Moradpour ist Autor, Gerichts- und Community-Dolmetscher sowie Übersetzer für Persisch (Farsi & Dari) und Spanisch. Er studierte Hispanistik, Informatik, Soziologie und dann Amerikanistik und Arabistik in Leipzig und Havanna. Seine Texte wurden mehrfach ausgezeichnet und übersetzt. 2020 bis 2023 gehörte er als Dramaturg zum Künstlerischen Leitungsteam der Münchner Kammerspiele.

Giovanna Bolliger arbeitet als Illustratorin, Grafikerin, Kostüm- und Bühnenbildnerin. 2015–2023 war sie Teil des Künstlerischen Teams am Schauspielhaus Wien und dort für Corporate Identity und Grafik verantwortlich.